格尔木
文学丛书
（第二辑）

昆仑拾贝

KUN LUN SHI BEI

张建青 著

燕山大学出版社
YANSHAN UNIVERSITY PRESS

社会科学文献出版社
SOCIAL SCIENCES ACADEMIC PRESS (CHINA)

中华人民共和国
警察
POLICE
公安

#《昆仑圣殿格尔木文学丛书（第二辑）》
编委会

在广袤的土地上放歌

——写在“昆仑圣殿格尔木文学丛书（第二辑）”出版之际

在我们这个星球，自有人类以来，精神和智慧的火花就一直与生命的长河相伴相生。文学、艺术的发展也莫不如是。

近年来，格尔木这座耸立在戈壁荒原上的城市，依托独特的地理优势和丰富的昆仑文化资源，各项社会事业发展迅猛，文学艺术的发展也一日千里，呈现出勃勃生机。尤其是国家西部大开发战略的实施，使柴达木盆地各项事业的发展面临千载难逢的历史机遇。柴达木盆地已成为一片激荡着大开发热潮的西部热土，成为我国西部经济快速发展的一个亮点。

格尔木这个20世纪50年代因路而生、因路而兴的新兴工业城市，因其特殊的发展历程，城市文化中蕴含着昆仑文化的丰富内涵，体现在军旅文化、农垦文化、知青文化、移民文化诸多方面，反映到文学中，就出现了各种文化相互交融，既有区别又相伴而生的特点，辨识度较高。格尔木市前前后后涌现出了一批知名作家，如军旅作家王宗仁，知青作家卞奎、魏忠勇，诗人曹有云、陈劲松等，作家唐明、梅尔更是当下青海省儿童文学创作和现代长篇小说创作领域的中坚力量。他们都是格尔木发展的亲历者，正是他们的这种经历，使他们在创作中体察百姓的所思所想，与百姓心有灵犀，作品更贴近百姓的心。他们在日常的创作中勤于思考，敏于领悟，在平淡无奇的生活中发现人生的真谛，于人们不经意的细枝末节挖掘出微言大义，让更多的人认识和了解了这片土地的人文历史和自然风貌，也让这片土地上建设者的身影出现在了大家的视野之内。

都说文化是一个地方最深远的语境，文化环境也不能单纯理解成物理意义上的环境，对它的理解更不能局限于当下的一时一地。格尔木市文联为不断给广大人民群众提供更优质的文化环境，这几年一直在不断拓宽各个艺术领域，文学、美术、书法、摄影、音乐、舞蹈、影视等各协会都硕果累累，成绩斐然。

2017 年格尔木市文联出版了“昆仑圣殿文学丛书（第一辑）”，这是文联成立以来第一次出版系列文学丛书。今年我们又迎来了“昆仑圣殿格尔木文学丛书（第二辑）”的出版，在第一辑的基础上，我们欣喜地看到，这次作者所在的行业更广、涉及的地域更广。在戈壁新城这片广袤的土地上，文学新人不断涌现，文学作品层出不穷，文学队伍不断壮大。他们在这片充满梦幻、蕴含着无限可能的土地上，汲取着丰富的营养，迸发着无穷的灵感，跟随着新时代的脚步放歌，创作出了一大批富有时代精神的可圈可点的文学作品。

使命召唤担当，事业需要人才。新时代的社会主义文艺繁荣发展，需要我们坚持思想精深、艺术精湛相统一的创作理念，需要一大批德艺双馨的艺术工作者付诸实践。要做到德艺双馨，每一位文艺工作者都要时刻保持高度的责任感、紧迫感和使命感，运用我们熟悉和擅长的艺术形式，以胸中有大义、心里有人民、肩头有责任、笔下有乾坤的精神，践行繁荣发展社会主义文艺的历史责任。

习近平总书记指出，当代中国共产党人和中国人民应该而且一定能够担负起新的文化使命，在实践创造中进行文化创造，在历史进步中实现文化进步。这是一种期待，更是一个目标。新的时代已经到来，新的机遇也在等待着我们。

“昆仑圣殿格尔木文学丛书（第二辑）”的出版，是我们培育、壮大本地文学队伍的具体举措，也是对近年来我市文学工作者创作成果的一次较为集中的展示，更是对今后文学事业发展的期盼和祝愿。

此套丛书的出版得到了市委、市政府及相关部门的大力支持和帮助，在此，我们向各位领导和所有相关部门表示诚挚的谢意，也向为此丛书的出版奋力笔耕的各位作者表示深深的敬意和诚挚的感谢！

青山元不动，浮云任去来。愿这片充满希望的广袤土地，今后诞生更多更优秀的作者和作品，愿格尔木这方热土在昆仑文化的滋养下，呈现出更广阔的文化气象和多元化格局！

是为序！

格尔木市文联主席　王　韬

2019 年 7 月

自 序

古诗词对我影响很大。从柳永的“执手相看泪眼”、苏东坡的“大江东去”，到岳飞的“怒发冲冠凭栏处”、李清照的“人比黄花瘦”、辛弃疾的“醉里挑灯看剑”，等等，我深陷其中，无法自拔。自己从抄录古诗词开始到创作古诗词，才发现这是传统文化留给我们的瑰宝，我们应该继承和发扬中华传统文化，这也更坚定了我的创作方向。虽然古诗词上手难，很多人并不看好，但是我一直在坚持，也写了一些作品。昆仑戈壁给予了我灵感，风花雪月为我提供题材，我仿佛穿越时空与古人对话，我体会到诗词中那些豪放、婉约之美，空灵哲学之美。沉醉其中，其乐无穷。

向诗之心是人性中最美好的事，她像一块叩门砖，一定会带我们进入一个更美妙的殿堂。

谨以为序！

2018 年孟冬

目录

CONTENTS

一　宋之召唤

目录

二 心弦铿锵

一　宋之召唤

如梦令·天路情

男儿情牵何处？风雪无边天路。仗剑上昆仑，当为中流砥柱。何悚、何悚。吹卷旌旗无数。

如梦令·游泳

跃入波澜荡漾。激起豪情万丈。奋勇向前游，挥手翻飞似桨。争上、争上。身后一池碧浪。

如梦令·桃花落

昨日方红扑朔。今已飞陈阡陌。何必怨风尘，纵有千般承诺。花落、花落。焉是风之过错。

如梦令·夜静闲听万籁

夜静闲听万籁。犬吠虫鸣自在。月影映归人，却是浮云如海。无奈、无奈。忍看花开花败。

如梦令·湟水东流欢畅

湟水东流欢畅。花好泛舟湖上。正是少年时，携手相游清爽。还唱、还唱。一曲花儿荡漾。

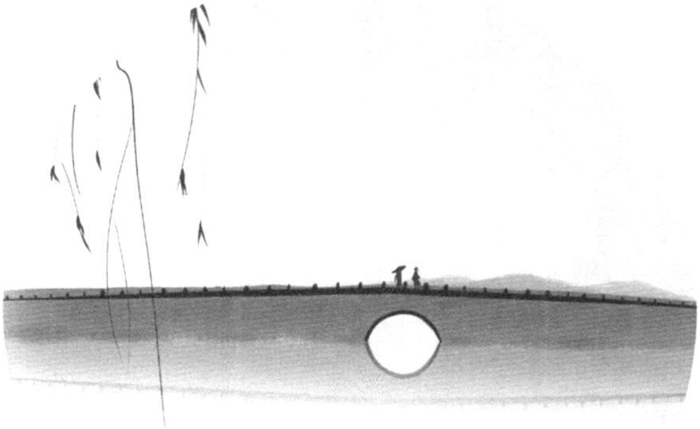

如梦令·粽子

粽叶龙舟寻迹。汨水沉沙如碧。涛涌数千秋，当有诗情指尺。追忆、追忆。尤为忠魂俯泣。

如梦令·轻送微风几许

轻送微风几许。疏影林中小路。盈月落光阴，无寐将星细数。辜负、辜负。只把良宵虚度。

如梦令·冰解春塘临岸

冰解春塘临岸。云水相参一半。天碧洗湖蓝，携手池边相看。期盼、期盼。一树红花烂漫。

如梦令·千里行车看水

千里行车看水。戈壁忽陈翡翠。别样异风情，大漠孤烟相对。沉醉、沉醉。一抹夕阳欲坠。

如梦令·遥望昆仑履雪

（新韵）

遥望昆仑履雪。忽起秋风寒冽。有鹤唳声悲。无奈花飞柳谢。明月、明月。空照陈沙旷野。

如梦令·前路漫长幽远

前路漫长幽远。试问谁能相伴。身在逆流中，何必长吁短叹。莫怨、莫怨。总有机缘改变。

如梦令·月夜更深露重

月夜更深露重。叶落花飞如梦。却是惹闲愁，只把芳心曳动。懵懂、懵懂。但问同谁与共。

水调歌头·征渡

跃入波涛里，破浪渡横江。激扬飞进，回首身在水中央。宛若翻江巨蜃，犹似蛟龙入海，奋力驭洪荒。只谓寻常事，心眷此时光。

平如镜，山叠影，啸激昂。性情所至，非是年少语轻狂。些许闲暇相聚，泳者堪当无畏，何处不苍茫？但任韶华逝，与众忆潇湘。

水调歌头·但慕仙人久

（新韵毛滂体）

但慕仙人久，身赴玉瑶台。九州奇景，海天云水醉蓬莱。玉树琼花夹岸，甘露香风清冽，盛宴待君开。几疑飞天外，此境与谁来。

人如潮，海畅漾，释心怀。笙箫合韵，此曲却引月徘徊。凝雾金霞拂晓，蜃景新楼傍晚，临岸捂香腮。感叹神仙界，最适去尘埃。

六州歌头·残花飘坠

（新韵刘褒体）

残花飘坠，红碎落前庭。霜风劲，黄叶舞，秋瑟瑟，看飞鸿。尽谓痴情苦，几多事，红尘傲，江山笑，欲鲲鹏，了今生。举酒长歌风烈，斜阳醉，人醒三更，叹前尘往事，进退语尘轻。对月琴声，问谁听。

引龙泉剑，频挥舞，难斩断，赋丹青。狂风烈，云幽咽，南归雁，我独行，但顾来时路，街巷冷，暗寒灯。明月夜，心初静，意难平。只愿此生无憾，尚依然、快意如风。举旌旗烈焰，击战鼓雷鸣，纵展豪情。

长相思·情殇

我白头。你白头。还问情殇几世休？空闻乱水流。

上高楼。上高楼。但忘红尘离怨愁！看还多少鸥。

长相思・瀚海潮

瀚海潮。望海潮。浪卷层云万仞高。风狂起怒涛。

且逍遥。肆逍遥。对酒当歌酣梦消。释然逢野桥。

长相思·月如钩

月如钩。影如钩。轻照亭台宛似绸。烟云不尽柔。

对明眸。笑明眸。但把阴晴一梦收。任它何处秋。

长相思·起西风

起西风。怨西风。吹取桃花扫落红。伤怀晓镜中。

月成空。心成空。一去今生何处逢。夜深思意浓。

长相思·悲秋

风萧凉。雨萧凉。吹取残秋几处殇。烟云锁大江。

细思量。正思量。却把孤愁皆数尝。任由风雨狂。

长相思·屈原

看风云。叹风云。和颂离骚泪落尘。思君汨水滨。

楚之魂。国之魂。最是忠魂长与存。纵流千古春。

念奴娇·昆仑山下

（新韵苏轼体）

昆仑山下，恰清秋月色、如银倾泻。万里黄沙陈四野。夜半风霜寒冽。寂寥长天，月光如水，鹤唳声幽咽。征程遥远，领头兵奋飞越。

只见峰影茫茫，横绝归路，无奈残花谢。聚散离合缘注定，何必争相功业。世事无常，知音难觅，总把寻常略。水隔山阻，从容还看缺月。

念奴娇·时光荏苒

（用东坡原韵）

时光荏苒，似流年虚梦、空空无物。落尽繁花花不语，但筑千尺垣壁。风雨霏霏，人间寒暖，吹卷云如雪。幻花水镜，竟恼多少豪杰。

依稀昨日神伤，身困蕃篱，只引痴情发。归去怅惆空是恨，只影孤灯明灭。极目空山，多情阅尽，剑断相思发。痴心自苦，天涯一弦钩月。

钗头凤·花容瘦

（程垓体）

花容瘦，风吹透，冷霜还对更残漏。凉如水，叶飞坠，未了红尘，使人心碎，畏、畏、畏。

秋深后，伤怀久，一厢情愿长厮守。其中味，空垂泪，花开花落，与谁酣对，醉、醉、醉。

钗头凤·月轻影

（新韵唐婉体）

月轻影，星成梦，却起风尘吹越冷。与君识，怨春迟，为情迷乱，试问谁痴？痴、痴、痴。

拂云径，维摩病，忆佳人对空明镜。重逢时，泪痕湿，寄书鸿雁，尽是相思。思、思、思。

凤凰台上忆吹萧·故里还遥

故里还遥，回乡尚早，匆匆一岁华年。更雨漏，相思话梦，噫语堂前。已是长空雁字，苍云记，枫叶红斑。风吹月，伤心几处，寂寞城边。

权把深情尺素，今寄与，红笺小字空拳。怨长夜，山横水阻，痴忆千般。料是两相挂念，最难受，玉坠秋残。对孤影，薄裘欲裹轻寒。

凤凰台上忆吹箫·故道云陈

故道云陈，花溪玉泻。三三两两惊鸿。相弄影，风吹水墨，芦引如弓。几只沙鸥追慕，争飞去，逐浪波中。澄如镜，皴皱恣意，霞染苍穹。

轻衣薄衫微冷，风中对，飞尘遮掩朦胧。望归路，山青水碧，更显云空。也是江天如画，啸长歌，诗蓄词浓。月将近，天地寂静寒封。

鹧鸪天·晚照群峰夜未央

晚照群峰夜未央。人生始行路方长。流星划幕将身隐，明月穿云把影藏。

风似诉，月如霜。一丝一缕浸天凉。江湖恩怨随尘去，唯见空山雁一行。

鹧鸪天·月影轻盈落入窗

月影轻盈落入窗，光阴半洒漏西墙。随风黄叶吹萧瑟，染露青蘋舞玉霜。

杯虽陋，却余香，一壶薄酒话沧桑。言欢暂把愁抛去，何处飞花逐月凉。

点绛唇·虽是初春

虽是初春，和风旭日长天碧。倚门独忆，只把风云记。

杨柳依依，倦鸟双双戏。丝丝语，适时相谊，莫把时光去！

点绛唇·岁岁飞花

岁岁飞花，秋深更怨风和雨。轻愁几许，庭院深深路。

孤影相陪，行至回归处。还盼顾，不如归去，落叶纷纷舞。

十六字令·秋

（二首）

一

秋。霜染层林碧水流。人皆醉，处处喜丰收。

二

秋。大好江山肆意游。风光醉，忘却许多愁。

十六字令·花

（三首）

一

花。李杏嫣然红粉霞。迷人眼，一树掩篱笆。

二

花。半垄青丝半垄瓜。寻常夜，月照小农家。

三

花。几点红黄俏枝丫。长相忆，难忘纵天涯。

减字木兰花·云平风静

云平风静。多少新花摇玉影。欲挽兰舟。缓缓扬帆任水流。

路边红杏。醉了渔樵难唤醒。笑也春秋。数卷诗书尚自由。

减字木兰花·月钩稀树

月钩稀树。最是相思无尽处。水转千回。但问伊人心念谁。

迷途烟锁。乱草枯黄残叶落。笑看风云。安度平凡方是真。

蝶恋花·月夜伏兵车站后

月夜伏兵车站后。忽起风云，只把身吹透。眼里迷沙眉紧皱。三更寂静人消瘦。

只待是生擒贼首。一路欢歌，胆气冲牛斗。纵使寒凉难弃走。相逢痛饮功勋酒。

蝶恋花·极目昆仑霜满月

（新韵）

极目昆仑霜满月。兀自回头，却是千重雪。但饮一杯浊酒烈。曾经多少难眠夜。

自古英豪多霸业。俱已成空，不见王宫阙。只慕闲云飞雁雀。寻常半世真情切。

鹊桥仙·草枯叶乱

草枯叶乱，雾迷阡陌，冰锁长河寂静。忽飞雉兔影无踪，霜尘舞、至身何境？

望昆仑远，堆琼覆雪，乍起西风更冷。行车万里上征途，向前路、云横山径。

鹊桥仙·七月

风清气爽，云蒸霞蔚，大美高原怡丽。时光正好水澄平，醉一场、相欢恣意。

黄花阵列，绿堤铺涌，七彩巧织旖旎。长歌一曲唱豪情，何管那、人生幻戏。

采桑子·远山极目斜阳下

（和凝体）

远山极目斜阳下，天似穹庐。水映丹朱。大好河山若画图。

匆匆岁月难回首，笑看前途。云卷云舒。再叙闲情酒一壶。

采桑子·北风一夜添凉意

北风一夜添凉意，落叶声中。几缕花红。归雁喊喊秋渐浓。

沉沉酣睡南柯梦，惊醒无踪。何去何从。正道沧桑自古同。

调笑令·归去

归去。归去。听完晨钟暮鼓。忘却滚滚红尘。枫叶丹漆醉人。人醉。人醉。枕得秋风入睡。

调笑令·心锁

心锁。心锁。最是相思难躲。四海飘零为家。何处江山无落花。花落。花落。长空匆匆雁过。

调笑令·云雀

云雀。云雀。飞入林中栖落。只闻涧水凄凄。烟雨蒙蒙雾迷。迷雾。迷雾。行至山之深处。

调笑令·红叶

红叶。红叶。映照夕阳如血。只见山水茫茫。归去来兮路长。长路。长路。谁愿与君共渡。

卜算子·弦月柳树梢

弦月柳树梢，归晚人难静。几缕闲云如丝幕，散落星辰影。

几处暗寒灯，一片凄凉景。牵引心潮无睡意，更怨秋风冷。

卜算子·窗外月羞藏

窗外月羞藏，挥剑霜尘啸。舞罢清吟兀自归，且与风云傲。

岁去已经年，嗟叹昔人老。但任青春斗岁寒，我对长天笑。

菩萨蛮·晚归犬吠传深巷

晚归犬吠传深巷。星藏月隐寒虫唱。草叶驭风鸣。凄凄切切听。

云稠霜露降。悄履枝头上。积冷欲成冰。使人犹豫行。

菩萨蛮·飘飘漫卷鹅毛雪

（新韵）

飘飘漫卷鹅毛雪。江山寂静罗寒雀。听万籁无声。望昆仑赤城。

拨弦吟风月。随意成一阕。谈笑看云天。慕迢迢远山。

捣练子·圆月夜

圆月夜，更思归。独对秋霜黄叶飞。只把乡愁捎雁去，水流东逝却难回。

捣练子·春雪落

春雪落，亦缤纷。些许闲愁愁煞人。草树枯黄无起色，岁寒依旧笼红尘。

捣练子·雨中至岗什卡峰

（新韵）

云漫漫，雾蒙蒙。前路迷茫山兀横，山转峰回何处路？风吹雾散自前程。

虞美人·狂风吹罢花依旧

狂风吹罢花依旧。何处伊人嗅。多情却被怨情伤。梦里相逢恨短、更迷茫。

相思寄去花千朵。巧解心中锁。但言风景莫言情。听取新荷雨打、与琴声。

虞美人·初晨尤冷寒消退

初晨尤冷寒消退，何似春滋味？一杯残酒入愁肠，却道南国烟雨正花香！

空吟岁月空痴怨，但笑谁能见？水融冰泻沐风尘！沉睡何须惊醒梦中人！

定风波·猎猎红旗指顶峰

（新韵）

猎猎红旗指顶峰。开天辟地气如虹。指点江山歌震撼，欣看。党的政策指航程。

绿水青山家更美。沉醉，自强自立保安宁。领导中华名世界，谱写，富强民主颂欢腾。

定风波·春郊

几处红花绿柳前。春池潮水伴村烟。只看那承欢燕雀。一跃。两相飞入画廊间。

看罢了茵绒草长。舒畅。由缰纵马过流泉。三两句新词旧句。归去。夕阳正好沐桑田。

定风波·又近年关怀故乡

又近年关怀故乡。迟归暮雪落尘荒。酒尽杯空犹恨少，春早。别情更与旧情尝。

但使青春风正好，年少。回还结伴向朝阳。对问归人心惦念，痴怨。只言欢喜莫言伤。

喝火令·叶落悲秋至

叶落悲秋至，花飞怨泪干。却留痴语暮阳残。风雨自添哀怨，空自莫凭栏。

锦瑟凄凉泣，轻弦寂寞弹。相思情对倚云寒。想是鸿归，想是雁飞漫，想是月平星坠，几处染霜叹。

喝火令·但看风云去

（新韵）

但看风云去，只闻雨露吟。旧时痕迹已难寻。空叹惋前行路，挥剑诉丹心。

莫怨离别恨，都言偶遇恩。暂平常寄愿霜辰。任那风吹，任那雨凄淋。任那苦行难进，笑傲对风尘。

浪淘沙·游园

花放艳亭方。格外清香。蜻蜓点水偶成双。晨露轻轻封晓色，不尽风光。

垂柳掩回廊。几处红妆。儿童相唤戏蜂忙。一笑翩然飞逸去，难见行藏。

浪淘沙·秋雨带初寒

（新韵）

秋雨带初寒。鸿雁飞南。落花寂寞满栏杆。身许闲云生醉意，何处人间。

梦里旧时欢。月影阑珊。休说是往日容颜。尽染得青丝华发，只愿相安。

画堂春·烟锁西湖

云凝落雨弄烟波。催舟听打新荷。瘦红肥绿对婆娑。愁自无多。

水面涟漪碎乱，青山如黛岭峨。蓦然回首视姣娥。笑岁蹉跎。

画堂春·夜起尘沙

浊云翻卷漫尘沙。风吹雨打新花。冷凝霜露杏枝丫。怨落谁家?

杨柳飞横如诉，芳菲似雨无华。疾风劲草对喧哗。冷寞天涯。

唐多令·换酒亦堪豪

换酒亦堪豪。渔翁对野樵。但醉了、一曲愁消。抛却身前身后事，何管那、任逍遥。

临岸峙惊涛。劲舟逆怒潮。乱堆云、风雨潇潇。自在余生拼傲骨，征岁月、纵狂骄。

踏莎行·醉啸风尘

醉啸风尘，逍遥人世，寒山一带皆凉意。只言片语诉相思，与君共忆苍茫地。

执笔轻挥，书生意气，几行文字何须记！孤原野草却嘶鸣，西风瑟瑟谁言志？

木兰花慢·盼春早

待桃红柳绿，借春雨、洗纤尘。换去旧容颜，畅言欢笑，快意风云。轻闻。几枝红杏，嗅青梅醉意暖伊人。笑问春江池水，含痴乱渡青蘋。

颠嗔。雁燕鸣春。河畔柳、曳长裙。暂忘归，对酒芳华岁月，似醉微醺。酣醇。诉完思绪，寄许相思再度逢君。却把几分明月，作诗咏记重温。

江城梅花引·对春红

只缘是杏露初红。对春风。俏春风。细柳轻吹，自在月明中。临对空山更漏夜，却与那，绿纱窗，粉蕊丛。

蕊丛、蕊丛。相思浓。山重重。水重重。但去但去，暂忘了，几处相逢。试问还休，只谓太匆匆。寂寞繁花人欲醉，心事久，寂江山、觅影踪。

八声甘州·盐湖情

亿万年沧海到如今，尽作了桑田。看纵横阡陌，盐花似浪，瀚海如烟。以我豪情壮志，何惧远行难。鏖战平湖里，得胜方还。

遍地云台伫立，胜景无穷数，奋勇朝前。任芳华岁月，此去又经年。正东风，厉兵秣马，路徘徊，征渡万重难。如心愿，宏图再展，为我河山。

南歌子·叶落寒风扫

（温庭筠体）

叶落寒风扫，花飞冷露收。弦月照西楼。又年年岁岁，度清秋。

蝴蝶儿·风落花

（新韵）

风落花，雾轻纱。夜深人静忆天涯。品茗续旧茶。

只怨秋凉季，凄鸣树影杂。相思如梦月霜华。让人痴意发。

朝中措·逆流而上

逆流而上奋行舟。百折不回头。纵使险滩四布，依然兀立潮流。

繁华看尽，孤愁拍遍，至死方休。还问蹉跎岁月，窗前月自如钩。

章台柳·金如海

（韩竑体）

金如海。沙如海。百里行车铺七彩。更有昆仑卧远方，阻滞风尘横天外。

踏歌行·寒彻三更冷

寒彻三更冷，风倾九月天。星光如碎玉，思聚小城边。只是醉无眠，对月咏流年。

金错刀·山已过

（冯延巳体）

山已过，水程忧。征帆难进望江楼。随波但去心憔悴，尤对青山逆行舟。

风吹罢，雨方休。江河奔涌舸争流。山青水色天阶洗，狂挽风云力上游。

小重山·一叶飘零知是秋

（薛昭蕴体）

一叶飘零知是秋。想花飞柳谢，又新愁。西风一缕过萍洲。却催问，忧剩意温柔。

旧怨宿心头。任多情若梦，也难留。看花颜色更风流。何必恨？笑问几时休？

霜天晓角·戈壁行车

（林逋体）

秋来雁去。吹起沙无数。草乱风迷野径，荒原上、走狡兔。

还顾。尘隐路。连天飞黄土。却有苍鹰振翅，身姿健、凌空度。

朝天子·却飞花走径

却飞花走径。比花瘦、伤怀成病。风吹越冷。对月孤单影。

也是那、烟云如梦镜。许是今生皆宿命。迷欲醒。此中意、天人难定。

东坡引·夜回风并雨

（辛弃疾体）

夜回风并雨。横流没归路。尘荒更显凄凉处。漏残谁眷顾？漏残谁眷顾！

卧听草木泣，怨寒倾诉。落叶里、皆无语。任凭雨打风吹去。深秋愁几许？深秋愁几许！

破阵子·攀枝花

昔日英雄之树，而今傲放川边。钢铁钛钒名世界，胜似胭红高处繁。花开红映天。

更上层楼遥望，花城再续新篇。风卷旌旗声猎猎，又唱轻歌勇向前。攀登万仞山。

浣溪沙·夜饮春风

风摆斜杨团玉升，光华纤素月倾城。薄寒过后劲虫鸣。

醉里良宵惊旧梦，杯中长夜过流星。楼空人去寂长亭。

武陵春·杨柳铺阴花妩媚

（李清照体）

杨柳铺阴花妩媚，乍泻水淙淙。曳动平湖飒飒风。散落玉盘中。

长叹光阴终逝去，岁月误英雄。再引青虹对不公。也不让、梦成空。

醉春风·纵马蹄声碎

纵马蹄声碎。斜阳西欲坠。相思但寄纸轻遥。悔、悔、悔。历月经年，问君何处，两厢憔悴。

空记相联袂。无奈痴情废。话凄凉泪洗容颜。愧、愧、愧。回想伤心，去还相念，是何滋味。

忆江南·胡杨

枝孤傲，突兀向苍天。历尽人间风雪月，从容依旧看江山。何惧晓风寒。

一剪梅·唯爱诗书相与还

唯爱诗书相与还。薄酒将倾，醉了江山。秋千架下弄青梅，两句三言，赋予流年。

对月长歌当尽欢。诉我情怀，手捧心兰。星河斗转已尘封，但寄新词，知己红颜。

洞仙歌·云澄意爽

（苏轼体）

云澄意爽，更青青芳草。极目风轻绿痕渺。水相随、几处星缀棋罗，波痕乱，交颈合鸣眷鸟。

湖光相辉映，别样风情，野径天低荡舟小。恣意消宿愁，鱼跃鳞波，舞回旋、飞歌洒天涯，更有那、顽童似花颦笑。

乌夜啼·沙尘暴

挟雨雷声怒，风尘半卷长空。平川惊起黄沙幕，似夜掩苍穹。

无数残枝断叶，横陈四野凄容。可怜五月花齐放，满地落愁红。

南乡子·恰解去春衫

（新韵赵长卿体）

恰解去春衫。茵绒短趣，柔意纤纤。燕雀新生初试翼，偷闲。隐隐空山淡淡烟。

空负了流年。相邀举酒，笑语欢颜。何处报国常试问？无言。莫怨春迟莫怨天。

暗香·凄风几许

凄风几许。乱吹窗花影，飞红无数。柳绿飘摇，更是沙尘漫归路。听取笙箫瑟瑟，风一曲，如泣如诉。亦兼那、乍暖还寒，云冷掩枢户。

环顾。也无处。叹也不由人，凭自嗟苦。镜花易去，空打几声碎钟鼓。幽若痴人叙梦，奈何天，难开微步。笑也罢、愁也罢，愿情千古。

忆秦娥·梦边关

（新韵）

江天雪。梦回秦汉关山月。关山月。度鸦悲咽。盼归心切。

唐城宋塞将军略。金戈铁马刀兵烈。刀兵烈。征人安在，旧时宫阙。

双头莲令·把风云看尽方回

（新韵）

把风云看尽方回，骤雨响惊雷。千山万水怎相随，寂寞伴人归。

欲说故梦问曾谁，嗟叹幕薄帏。昔时旧日去难追，还唱大风吹。

一七令·风

（新韵）

风，漫卷，归程。人不寐，已三更。寒关冷月，嘶嗦琴声。春迟方暖意，霜舞却从容。屋后柳丝新绿，房前桃李才生。吹不尽唏嘘人世，问长天与世何争。

淡黄柳·昆仑宿雪

（新韵）

昆仑宿雪，相映辰光月。隐隐崇山风猎猎。脚下石坚似铁，只叫归人胆生怯。

落花叶。霜枫艳如血。争飞去，泣寒鹊。起尘沙，漫舞清秋夜。逝水如斯，叹流年尽，极目青山海岳。

九张机

最是相思九张机，声声织就怨人痴。青春莫把多情误，恰在花红柳绿时。

一张机。遗寒渐去换轻衣。新芽破土芳心媚，东归逝水，西回钩月。飞燕绕春池。

二张机。桃花初绽杏芳菲。茵绒短趣蝶双戏，眉生恋意，眸传眷顾。梦里尽相思。

三张机。轻舟荡漾影相随。言欢把酒人双对，纤纤素手，樱唇软语。携手与君归。

四张机。花烛剪影月深闺。春风不禁身相醉，郎情娇切，妾心婉转。只愿晓来迟。

五张机。峰峦遇雨沐新姿。云霞晓露腾留意，出双入对，瑶琴与瑟。玉案妒重帷。

六张机。荷花一夜满秋池。飞鸿但去钟情寄，倾风欲怨，临楼暗恨。寂寞两徘徊。

七张机。秋千静静叶纷飞。薄凉吹透风中立。孤舟野渡，枫桥月影。清影伴人回。

八张机。无聊更有落花欺。红腮欲泪空愁泣。星云也雾，凝红却露。风中蹙黛眉。

九张机。相思尽处盼得归。两厢喜悦何滋味。轻唇欲语，千言无序。携手看相痴。

分离，人生阅尽最难为。栏杆拍遍身憔悴。鸳鸯戏水，鹣鹣比翼。引颈并鸣啼。

双栖，逍遥自古问曾谁。唯留情爱人常忆。时光移转，神仙也慕。为君再赋九张机。

巫山一段云·元宵

初上华灯月，争相艳丽开。高原春色晚迟来，尚待东风裁。

遥对一轮明月。回望昆仑山雪。相思树下语婵娟。人月两团圆。

苏幕遮·绿青山

绿青山，澄碧水。燕子飞时，历尽倾城美。杨柳从池平岸坠。柔短芳绒，鱼跃新生苇。

洗尘埃，蹄欲碎。牧野村郊，更悦其中味。风带微凉寒渐退，续饮醍醐，人倚斜阳醉。

一丛花·慕鹤归

一行飞鹤过青天，长唳叫云边。南归路远程方半，不停歇、振翅朝前。爱慕闲情，阅山听水，飞越更高山。

菊香几缕入寒喧，黄叶半尘寰。去留无意风吹处，也无心、把酒悲欢。花飞柳谢，红残玉碎，空自莫凭栏。

玉人歌·云生处

云生处。细雨掩重楼，茫然难顾。碎红流翠，却惹艳芳妒。淙淙涧蜿蜒尽，隐隐回归路。树轻摇，风乱丛花，醉迷古渡。

嗟叹忆吴楚。问多少英雄，黯然逝去。但笑多情，自古总无助。重山横水多艰险，只谓相思苦。怨时光，最是孤城日暮。

曼丽双辉·爱我家国

看河山秀丽，道不尽壮志豪情。南国花艳，北疆雪舞，神州再上征程。东海扬波船万里，西陲拓野月娉婷。引邻邦众域，和平发展取双赢。

昔时盛世，此境升平。绿水青山掩映，万籁回春笑语倾。“一带”繁荣路，重振古文明。开创时局新现代，书历史，愿我中华在世界扬名。

最高楼·环江美

（新韵）

傩舞戏，歌咏唱环江。醇酒醉苗乡。中州河水漓江韵，赞层峦瀑布风光。戴花竹，茶马道，米鸭香。

峡谷峻，比三峡更艳。壮歌罢，似飞云震撼。梯田美，意悠长。沧桑木论森林莽，天坑险境更无双。悦芦笙，尝蜜柚，美名扬。

醉花阴·对饮琼酥昏欲醉

对饮琼酥昏欲醉。琴瑟声声碎。再续酒添杯，试问渔樵，谁解其中味。

但填曲韵书寒岁。拢火寒辰退。谈笑论千年，暂寄轻愁，付与东流水。

诉衷情·浓云四布九天寒

（毛文锡体）

浓云四布九天寒。滴水冻栏杆。昆仑雪，笼长烟。放眼尽崇山。

移步锁前川。隐重关。奋前行执意朝前。舞翩跹。

渔歌子·云暖池鱼戏水中

云暖池鱼戏水中。芳菲桃李俏春风。一方绿，几丛红。纸鸢飞舞笑黄童。

高阳台·雪夜还乡

（新韵）

移月堆云，天封欲雪，三三两两飞花。举手晶莹，轻遮薄掩村家。倾白一片难识路，正迷茫、乱眼枝丫。漏声催，簇絮如银，丝坠如纱。

几声犬吠惊飞雀，四野重生寂，空自回答。游子归心，乡愁几许年华。身去千里回还客，欲将行、难顾尘滑。向前程，迈步身轻，纵是天涯。

谢池春·风去如斯

风去如斯，但问此时何岁？寂空城，芳华释慰。云分霜露，畏寒拥衾睡。枕难安、月平星坠。

朝辉晓雾，点染江山如醉。踏轻尘，填词放对。闲书词令，悦其中滋味。咏长歌、问谁曾会？

风入松·梅

繁花落尽悦梅香。傲雪凌霜。御寒风骨书家爱，征残岁，意念如钢。喜与竹兰菊共，傲幽坚淡红妆。

风云奇幻梦文章。共语西窗。人生历练红尘路，莫凄凉，自又何妨。寄意江山如画，举杯对月痴狂。

梧桐影·烟雨收

烟雨收，风云散。归路落花和叶红，秋山寂寂青黄半。

二 心弦铿锵

咏烈士

身为家国死，
忠魂护我华。
留名彪史册，
血洒无名花。

菊

道旁残柳叶熏妆，
垄外斜杨半是黄。
燕子回飞争暖去，
菊花独在傲秋霜。

夜宿峨眉

犬吠暮光白，
鸡鸣晓露开。
山中疑岁月，
久未释心怀。

听雨

一夜多情雨，
轻弹碧瓦琴。
与谁听漏玉，
闻雀曲中吟。

黑枸杞

高原生异果，
戈壁有奇花。
料是苍天顾，
氤氲紫絮茶。

春雪

乍暖又寒夕，
琼花覆路泥。
倾城皆一色，
白雪坠枝低。
云霁烟如水，
重楼隐蔚稀。
初红凝玉露，
新绿被银衣。

莲湖秋韵

秋染层林醉，
霜熏几抹红。
依山蝶戏舞，
傍水长云空。
树影摇花落，
斜阳半水中。
苓虫鸣露冷，
去岁已匆匆。

望昆仑

西还戈壁阻，
南进断山横。
已有微凉意，
闲听雁去声。

风

心性本无常，
柔时动绣裳。
成狂生海岸，
肆意卷尘荒。

花

春来花正茂，
倩影各纷呈。
更爱寒梅傲，
迎风覆雪红。

雪

玉落染河山，
江天一色连。
村家闻犬吠，
与客正寒暄。

月

明月相思夜，
天涯异客人。
他乡同皎玉，
一样盼归心。

茶

清明节后雨，
唤友品新茶。
唇齿香流转，
杯茗涌玉花。

荷

昨日青蘋半，
琼花一夜开。
恰风施细雨，
形影御云来。

酒

五谷相蒸酿，
精华落玉留。
金樽盛瑞雪，
把盏莫言愁。

书

爱慕兰亭久，
倾心洗墨池。
而今学撇捺，
婉转欲狂痴。

画

皴山烟雨皱，
簇水泛波舟。
一点传神笔，
飞龙破壁啾。

琴

弦动痴人影，
高山流水音。
知音何处觅，
心事与瑶琴。

棋

攻伐河汉界，
横纵戮群雄。
落子惊风雨，
相逢一笑中。

曲

伯牙遇子期，
琴曲两相宜。
弦断失绝响，
惺惜复叹息。

赋

洛阳何富丽，
京镐自繁华。
宫阙亭台月，
楼阁水榭花。

诗

都作香菱痴，
中天落响石。
推敲方举步，
落笔已成诗。

秋咏

晨霜枫染赤，
晚露叶留金。
不畏秋声冷，
依然引素琴。

悦河山

千山各异姿，
万水亦清奇。
身在丹青里，
神驰自是诗。

与君歌

岁去春回年又至，
新思旧梦续华章。
江山尽醉君独醒，
来日方长再作狂。

夜所思

期待星辰现，
花开月满楼。
时光欺丽影，
寒岁蹙眉头。
恻恻秋风起，
凄凄乱水流。
还须长警醒，
敬事少言愁。

秋饮

人生难续进，
杯酒愿愁消。
骤雨狂潮起，
风云易水潇。
红花飞野渡，
黄叶落枫桥。
只为多情故，
嚣尘写泪绡。

书中痴

相逢但问可新词，
却把心情与旧诗。
身在书中犹似梦，
几经风雨几成痴。

千姿湖

凌波烟雨江南梦，
一叶轻舟入画来。
风掠浮萍香暗送，
平湖皱皱洗尘埃。

打拼

昆仑山上雪，
戈壁舞尘沙。
再展凌云志，
高原驻我家。

悲思

一夜听风雨，
独酌溢酒倾。
伤心情至处，
是打残荷声。

夜饮

凭栏听锦瑟，
夜雨煮青梅。
独饮伤花落，
只闻泣子归。

偶悟

水影随波逝，
浮生破浪归。
只言欢与笑，
莫问怨和悲。

郊游

春郊纵马作诗和，
岸柳扶风掩绿蓑。
浊酒一杯盛恣意，
澄湖半卷荡清波。

梦隐

闲作山中客，
临泉伴雀鸣。
渔樵逢树下，
相遇卜阴晴。

忆乡

岁月阴晴花正好，
莺飞草长又清明。
断魂一片遥相忆，
雨泪揉和寄旧情。

清明

窗外清明雨，
亭方李杏花。
相思飞涕泪，
遥对故乡家。

无寐痴语

月影西窗有雁鸣，
昆仑沐雪驭尘听。
浮萍暗渡花频舞，
野草轻飞叶落零。
临案时光弹旧律，
凭栏夜色数繁星。
云闲却有笛声怨，
只引弦空寂寞情。

秋夜行

叶落孤灯下，
风吹乱影前。
长歌悲夜色，
复起啸云天。

中秋后

流光夜渐长，
游子盼还乡。
惊醒痴离梦，
心帆已起航。

夜行

风池荷叶舞，
小径度鸣蝉。
邀月杯光溢，
霓虹不夜天。

望秋

霜染层林倾彩色，
云凝峻岭视苍穹。
枫寒历练年将尽，
欲落深秋叶更红。

行咏

秋雨凄凄方举步，
长风猎猎上征途。
依稀旧梦安年少，
何处江山笑霸图。

秋夜思

秋雨初停分外凉，
空山夜色寂愁长。
飞鸿但去遥无迹，
却惹相思洒月霜。

观霞

澄江落晚霞，
寂静抚琴蛙。
自在闲云趣，
逍遥四海家。
风拂池岸树，
影动水中花。
归去匆匆客，
回还月映纱。

林中行

落叶纷纷下，
寒风步步催。
高原秋景异，
醉眼看轮回。

花咏

梅红傲雪开，
兰麝玉盆栽。
竹影高节立，
菊孤慰我怀。

夜思

皆谓成王志，
痴狂各自争。
谁人能落下，
说不爱功名。

射箭赛

弯弓飞利箭，
盘旋倚云低。
遥望昆仑傲，
凝神散马蹄。

边关雪

夜半无声雪，
悄然赴寒关。
琼花倾万籁，
碎玉锁河喧。

望月

皎玉中天浮，
蟾宫桂影出。
嫦娥舒广袖，
寂寞语空无。

夜渔

鳞波疏月影，
长橹掠浮光。
野渡升渔火，
繁星落满江。

夜色

月映心成镜，
花飞意御风。
秋情何寂寞，
更照宿云空。

清明雨

清明时雨后，
感叹几春秋。
归晚余晖照，
空闻逝水流。
花前思玉女，
月下系兰舟。
举步难停歇，
身心暂寄留。

抒怀

仗剑诉丹心，
青锋抚玉琴。
乘风惊破浪，
但起啸龙吟。

醉江山

风花雪月茶荷酒，
醉里诗词也动情。
复饮千杯还逝水，
听琴一曲绕梁声。

偷闲

偶尔哼哼曲，
闲来弄弄花。
无关风与月，
早起看朝霞。

中秋

昆仑升慧月，
落玉洒衣襟。
想是相思久，
悬光若我心。

林中秋韵

曲水翻波浪，
群山碎染金。
似曾图画里，
欲醉抚弦琴。

茶趣

鱼戏云池水，
蜻蜓玉井莲。
吟风花叙梦，
临树几声蝉。

春归

泣血杜鹃啼，
春潮涨玉溪。
微风吹岸柳，
细雨洗东堤。
是夜烟云暖，
今朝晓露迷。
蛰虫惊醉梦，
奋力取锄泥。

园丁赞

心血付文章，
华年与课堂。
春来桃李艳，
满院嗅花香。

九月九日祭

征途数十年，
旧地换新天。
再上沧桑路，
旌旗指向前。

桂花

微风疏桂影，
玉蕊恰清秋。
岁去伊人老，
方知寂寞愁。
摇枝花似露，
举步月如钩。
却是香如故，
霜天竞自由。

渔父

野渡枫桥一小舟，
云陈雨沐水争流。
只沽三两黄坛酒，
对饮江天月满楼。

风雪大作

寒晨风乍起，
飞雪卷河山。
玉带苍龙缚，
茫茫一片关。

暑日

先在炉中烤，
重回屉上蒸。
芸芸天下物，
俱被一锅烹。

山中阵雨

雨落山花虹卧玉，
风吹蒿草铁击石。
置身城市喧嚣久，
且作逍遥与客痴。

临古沙场

几疑是汉时关月，
若梦中飞将去来。
沙覆了金戈铁盾，
风蚀去卧骨伐骸。

李白

青锋万里河山路，
只与千年不二诗。
犹作蟾宫花下客，
推杯换盏赋狂词。

将进酒

将进一杯酒，
长江任肆流。
倾身听万籁，
天地钓轻舟。

春光

花开红正好，
柳曳绿轻摇。
新燕啼鹃醒，
眠虫睡意消。

春日飞雪

雪与梨花舞，
脂和玉素颜。
满城烟霁色，
何似在人间。

浅春

亭旁花欲开，
堤畔草初苔。
流水随云影，
春迟隐隐来。

秋韵

红黄陈野径，
秋韵满农家。
遗忘萧凉意，
庭前数落花。

春之曲

风剪斜阳树，
云承雁两行。
茵绒柔短趣，
十里尽花香。

草堂游

花径竹枝落影浓，
相逢犹似汉唐风。
独行听雨溪边水，
再咏君诗忆曾经。

忆重阳

又是重阳登高处，
离愁只影上险峰。
家遥路远难还顾，
回首相思寄叶红。

北山秋韵

无意倾翻七彩砚，
涂红抹绿染青黄。
秋风秋雨秋云异，
枫叶山花醉夕阳。

阵雨

漫卷狂沙纷涌至，
遮天蔽日掩苍穹。
忽来一阵及时雨，
洗却长天落彩虹。

都江堰后夜宿岷江畔

江流千载尚谈君，
波转涛回涌乱云。
一夜枕闻东逝水，
几番酣梦故国痕。

忆少年

山花正烂漫，
已过少年期。
恍恍如昨日，
思君满叹息。

盐湖

曾是苍茫海，
而今巷陌开。
千顷湖水碧，
万朵玉花白。

秋来早

中秋才过十几日，
风卷残黄落碎白。
无奈随花飘散去，
欣然待雪盼春来。

胡杨

惯看风霜月，
几经冷厉秋。
只缘滴雨落，
新绿满沙洲。

登南朔山

群峰遇雨殊，
万壑入云出。
绿意如流翠，
心怀忐忑无。

醉中吟

醉饮千杯醒复醉，
人生试问有几回。
知音但少今何岁，
更引弦听付与谁。

雨中游平西王府有感

凭栏细雨织，
山径绿痕湿。
只谓红颜祸，
争锋语亦痴。

辞岁

新词作律酒添杯，
岁去如梭至此回。
月影倾城人似醉，
华灯看罢与君归。

边关

纵马驰骋雪，
羌笛怨缺月。
征衣铁参差，
笑语公孙略。

夜吟

推窗昆仑雪，
昂首中天月。
弦引傲江湖，
咏诗朝天阙。

闲

无事拈花一朵，
山中闲卧听琴。
但慕高飞野鹤，
任由舒卷风云。

戈壁随想

漫卷狂沙来去，
飞扬一路风尘。
羌笛怨诉缺月，
大漠孤烟纵横。

图书在版编目（CIP）数据

昆仑拾贝 / 张建青著 . -- 秦皇岛：燕山大学出版社；北京：社会科学文献出版社，2019.12（2020.7重印）

ISBN 978-7-81142-853-7

Ⅰ . ①昆…　Ⅱ . ①张…　Ⅲ . ①词（文学）－作品集－中国－当代　Ⅳ . ① I227.8

中国版本图书馆 CIP 数据核字（2020）第 091797号

昆仑拾贝

著　　者 / 张建青

出 版 人 / 陈　玉
责任编辑 / 柯亚莉　王玉霞
文稿编辑 / 李　伟

出　　版 / 燕山大学出版社
地址：河北省秦皇岛市河北大街西段 438 号
社会科学文献出版社
地址：北京市北三环中路甲 29 号院华龙大厦
经　　销 / 全国新华书店
印　　装 / 北京虎彩文化传播有限公司

规　　格 / 开本：787mm × 1092mm　1/16
印张：14　　字数：126 千字
版　　次 / 2019 年 12 月第 1 版　2020年 7 月第 2 次印刷
书　　号 / ISBN 978-7-81142-853-7
定　　价 / 58.00 元

如发生印刷、装订质量问题，读者可与出版社联系调换
联系电话：0335-8387718